世界经典童话小说书系

U0675835

野性的召唤

著者 / 杰克·伦敦 等　编译 / 何锴琦 等

吉林出版集团股份有限公司　全国百佳图书出版单位

图书在版编目（CIP）数据

野性的召唤／（美）杰克·伦敦等著；何锴琦等编译. --

长春：吉林出版集团股份有限公司，2016.12

　（世界经典童话小说书系）

　ISBN 978-7-5581-2134-0

　Ⅰ.①野… Ⅱ.①杰… ②何… Ⅲ.①儿童故事 – 作

品集 – 世界 Ⅳ.①I18

　中国版本图书馆CIP数据核字（2017）第065095号

野性的召唤

YEXING DE ZHAOHUAN

著　　者　杰克·伦敦 等
编　　译　何锴琦 等
责任编辑　宋巧玲
封面设计　张　娜
开　　本　16
字　　数　50千字
印　　张　8
定　　价　18.00元
版　　次　2017年8月 第1版
印　　次　2020年10月 第4次印刷
印　　刷　三河市嵩川印刷有限公司
出　　版　吉林出版集团股份有限公司
发　　行　吉林出版集团股份有限公司
地　　址　长春市绿园区泰来街1825号
电　　话　总编办：0431-88029858
　　　　　发行部：0431-88029836
邮　　编　130011
书　　号　ISBN 978-7-5581-2134-0

前言

儿童自然单纯，本性无邪，爱默生说："儿童是永恒的弥赛亚，他降临到堕落的人间，就是为了引导人们返回天堂。"人们总是期待着保留这份童真，这份无邪本性。

每一个儿童都充满着求知的欲望，对于各种新奇的事物，都有着一种强烈的好奇心，这样在成长的过程中就不可避免地被好的或坏的事物所影响。教育的问题总是让每个父母伤透了脑筋，生怕孩子们早早地磨灭了童真，泯灭了感知美好事物的天性。童话很好地解决了这个问题，让儿童始终心存美好。

徜徉在童话的森林，沿着崎岖的小径一路向前，便会发现王子、公主、小裁缝、呆小子、灰姑娘就在我们身边，怪物、隐身帽、魔法鞋、沙精随时会让我们大吃一惊。展开想象的翅膀，心游万仞，永无岛上定然满是欢乐与自由，小家伙们随心所欲地演绎着自己的传奇。或有稚童捧着双颊，遥望星空，神游天外，幻想着未知的世界，编织着美丽的梦想。那双渴望的眸子，眨呀眨的，明亮异常，即使群星都暗淡了，它也仍会闪烁不停。

童心总是相通的，一篇童话，便会开启一扇心灵之窗，透过这扇窗，让稚童得以窥探森林深处的秘密。每一篇童话都会有意无意地激发稚童的想象力和感知力，让他们在那里深刻地体验潜藏其中的幸福感、喜悦感和安全感，并且让这种体验长久地驻留在孩子的内心，滋养孩子的心灵。愿这套《世界经典童话小说书系》对儿童健康成长能起到一点儿助益，这样也算是不违出版此书的初心了。

编者

2017 年 3 月 21 日

目录

MULU

小爵爷

　　十八世纪中叶，英国有一位名叫多琳考特的贵族伯爵。尽管他有着显赫的地位，但却是远近闻名的"暴君"。

　　老伯爵有三个儿子，大儿子和二儿子游手好闲，小儿子埃罗尔德才兼备，深受老伯爵喜爱。

　　可是，有一次小儿子在与父亲交谈时产生了分歧，固执的老伯爵大发脾气，把他打发到美国旅行去了。

　　在美国旅行期间，埃罗尔上尉与当地的一位平民姑娘相爱并结了婚。这件事让老伯爵非常生气，一气之下与小儿子断绝了父子关系。

一年后，埃罗尔上尉的儿子塞德里克出生了。

他长着一双清澈明亮的大眼睛，长长的睫毛，精灵可爱的小模样着实惹人喜爱。

塞德里克的出生给这个家庭带来了欢乐，埃罗尔上尉用爱悉心地照料并呵护着母子俩，这些爱在塞德里克幼小的心灵里烙上了深深的印迹。

塞德里克三岁时，一场突如其来的怪病夺去了埃罗尔上尉的生命。他的逝去，给这个曾经一度欢乐的家庭蒙上了一层阴影。

起初，塞德里克并不懂得逝去的含义。

"最亲爱的爸爸好些了吗，他现在怎么样了？"塞德里克总是扯着妈妈的衣襟问个不停。

后来塞德里克发现，每当问起爸爸时，妈妈的眼中总是饱含着泪水。

他知道爸爸再也不会回来了，天真幼小的塞德里克渐渐产生了一种想法——要像爸爸那样尽力使妈妈幸福快乐。

母子俩经常在黄昏时散步，在树荫下聊天。

每到夜晚，塞德里克就爬到妈妈的腿上，把头靠在她的肩膀上，拿出心爱的玩具和画册给妈妈看。

四五岁时的塞德里克还学会了读书、识字，常坐在地毯上给妈妈讲故事、读报纸……

生活中，塞德里克总是充满爱心、体谅他人。他还学会了与人分享、信任他人。他的谈吐颇具贵族风范。

塞德里克最要好的朋友，要数小巷中开杂货铺的霍布斯。每天，塞德里克都要去杂货铺几趟，与霍布斯聊天，上自天文地理，下到生活琐事。他们俩在一起，总有说不完的话题。

这天下午，两人正聊得尽兴，家里的保姆慌张地来到杂货铺找塞德里克。

"玛丽婶婶，有事儿吗？"塞德里克问道。

"快和我回家吧！"保姆焦急地说。

"发生了什么事儿，妈妈不舒服吗？还是她又头疼了，或者有其他什么事儿……"塞德里克问了一连串的问题。

两人一边说一边向家里跑。

一辆豪华的马车停在塞德里克家门前。

塞德里克急忙走进屋，见一位老先生正在客厅里和妈妈说话。

隐约中，"勋爵""贵族""绅士"等字眼不停地钻进他的耳朵。

"哦，妈妈！"塞德里克扑向妈妈。

"塞德里克，我的宝贝儿子！"妈妈把塞德里克搂进怀里，此时的妈妈显得有些局促不安。

这时，老先生从椅子上站起来，用敏锐的目光打量着塞德里克。

"看来，这位就是方特勒罗伊伯爵了。"老先生轻抚胸口，鞠了一躬，严肃地说。

简单的介绍后，妈妈知道塞德里克很疑惑，决定给他讲述一个传奇的故事。

塞德里克的爷爷多琳考特伯爵，一直以来都生活在英国。塞德里克的大伯父和二伯父在这一年里相继去世，两人膝下无子。

如果塞德里克的父亲还健在的话，就会成为伯爵的继承人，可是眼下兄弟三人都去世了。所以，七岁的塞德里克就成为多琳考特伯爵的唯一合法继承人——方特勒罗伊伯爵。

听到这些，塞德里克顿时脸色煞白。但也是从这时起，他的人生发生了翻天覆地的变化。

当天晚上，塞德里克和母亲进行了一番长谈。

"妈妈，我不想当伯爵，我喜欢现在的一切。"塞德里克对妈妈说。

"听话，你是多琳考特伯爵唯一的继承人。"妈妈耐心地劝道。

此次奉伯爵之命来接他们母子的哈姆维特先生，是多琳考特伯爵的私人律师。

老律师告诉塞德里克，继承爵位后，他将成为一个很有钱的人，将会拥有多幢城堡，还有园林、矿藏和众多的房产、佃农……

所有这些，对其他人来说，或许是一种诱惑，可塞德里克并不觉得开心。

为了让塞德里克对老伯爵的印象好一些，老律师还拿出五英镑给塞德里克。

"你的爷爷非常富有，也很善良，这五英镑就是他让我带给你的。"老律师说。

"真的吗？这可是一笔不小的数目啊！我想给卖苹果的老奶奶买一个小火炉，再给妈妈买几件漂亮衣服和一辆马车。我的好朋友狄克一直给擦鞋店老板打工，我要给狄克做个擦鞋招牌，让他做老板……"塞德里克眉开眼笑。

塞德里克的每一个小愿望，都是关于他人的，关乎他自己的却一个都没有。在塞德里克的脑海里，似乎永远装着那些朋友，帮助他们就是他最大的愿望。

听到这些，老律师简直惊呆了。

老律师没想到眼前的这个孩子如此富有爱心，他那博大的胸怀让老律师一次次在心里竖起大拇指。

接下来的一周，塞德里克用五英镑做了很多事情。

在老律师的陪同下，塞德里克给卖苹果的老奶奶送去了她渴望已久的帐篷和火炉，当然还有一笔钱。老太婆感激的表情让老律师难以忘怀。

塞德里克给小鞋匠狄克立了一块招牌，狄克从此开始了自己当老板的生涯。

一切准备就绪，母子二人和保姆玛丽一同与老律师踏上了驶往英国的客轮。

"夫人，有件事我不得不说，您和保姆是不能入住多琳考特庄园的。"老律师十分为难地说。

事实上，在老伯爵心里，他自始至终都不能接受这个平民儿媳。

"我明白，只要塞德里克好，我无所谓。只是咱们别把真正的原因告诉孩子，我怕影响他们祖孙的感情。"善良的埃罗尔夫人说。

"放心吧，夫人！"老律师回答道。

趁没人时，埃罗尔夫人把到伦敦后的安排告诉了儿子塞德里克。讲述的时候，她尽量让自己的语气平和。

"儿子，到了伦敦，我将住在考特洛奇庭院，离多琳考特庄园并不算远，你有空就可以过来看我。"妈妈装作非常

轻松的样子说道。

经过几天的航行，他们终于抵达了英国伦敦。

一行人搭乘马车来到考特洛奇庭院的门前。

"哇，好漂亮的房子啊！亲爱的妈妈，我很高兴你能住在这里。"塞德里克对妈妈说。

此时的埃罗尔夫人并不开心，因为她要和儿子分开了。

"替我谢谢伯爵为我准备的一切。我知道他不能接受我，但我不是一个贪图钱财的世俗女人。除了房子，我什么都不需要，我会在这里节俭度日的。"埃罗尔夫人对老律师低声说道。

"我会转达的，夫人。"老律师回答说。

……

老律师回到多琳考特庄园，报告老伯爵："伯爵，孩子今晚要留在他母亲那里，明天我带他来庄园见您。"

"这孩子怎么样？他是个什么样的孩子？"老伯爵问道。

"嗯……说实话很难判断一个七岁孩子的性格。"老律师谨慎地说。

"我就说嘛，一个在美国街巷出生的孩子，没受过什么教育，不是白痴才怪呢！"老伯爵不屑地说。

"伯爵，我却不这样认为。我虽然对他了解不多，但他确实是一个相当不错的孩子。"老律师不慌不忙地回答道。

"长相好看吗？"老伯爵低沉地问道。

"相当英俊，还很有气质，与一般的孩子不一样。还有一件事儿要向您说一下，埃罗尔夫人让我给您捎个口信儿……"老律师说。

"我不想听关于她的任何事情。"老伯爵咆哮着打断了老律师的话。

"这件事儿相当重要，她不想接受您的生活费。"老律师解释着。

听到这些，老伯爵大吃了一惊。

"她不过是故作姿态，想让我允许她来庄园罢了。没门儿！"老伯爵大喊着。

"不管您是否相信，她都表示不要这笔钱。她还请求您，不要让孩子知道不让她入住庄园的真正原因，怕影响你们祖孙的感情。"老律师说。

老伯爵坐在椅子上，陷入了沉思。

"你的意思是，孩子还不知道我拒绝他母亲过来住的原因？"过了好一阵子，老伯爵问道。

"是的，我一个字都没向他透露。这孩子一直认为您是一位和蔼可亲、充满爱心的爷爷。不过，我想提醒您一下，明天见到他，最好不要在他面前数落他的妈妈。"老律师嘱咐道。

"呸，小孩子懂什么！"老伯爵嘟囔了一句。

"他一直在妈妈身边生活，他们感情非常深。"老律师解释着原因。

塞德里克和妈妈在考特洛奇庭院度过了一个不平静的夜晚，离别的忧伤在他们心中久久不能散去。

第二天一大早，塞德里克就与老律师坐着四轮马车，向着多琳考特庄园驶去。

"这里好美啊，是我见过的最漂亮的地方！"每隔一会儿，塞德里克都会看到令他惊奇的新东西。

"你知道吗，这里的一切都是属于你爷爷多琳考特伯爵的。"老律师说。

"我实在是太幸运了，有这么一位富有的爷爷。"塞德里克骄傲地说。

带着兴奋与惊奇，塞德里克来到多琳考特庄园。门前，一排仆人微笑着迎接小爵爷的到来。

方特勒罗伊在一位仆人的带领下，来到了老伯爵的书房。老伯爵微微地抬起头，看到一个小男孩儿正用天真、友善的目光望着他。

"您就是我的爷爷吧？我是您的孙子方特勒罗伊，见到您非常高兴。"方特勒罗伊跑过去拥抱老伯爵。意外的拥抱，竟让老伯爵惊讶不已。

或许是血缘的关系吧，老伯爵倍感亲切。

"很高兴见到我?"老伯爵问。

"当然。我还要代卖苹果的老奶奶、修鞋匠狄克感谢您。您虽然不认识他们,但我用您给的钱帮助了他们,让他们过上了幸福的生活。"方特勒罗伊说。

随后,他把在美国用五英镑帮助他人的事情,一五一十地讲给了老伯爵听。

祖孙俩聊得正起劲儿,仆人敲开书房的门。

"老爷,晚餐时间到了!"仆人说道。

老伯爵慢慢站起身,脸上带着痛苦的表情。

"爷爷,您的脚……"方特勒罗伊关切地问。

"这是老毛病,年纪大了,身子骨不听使唤,脚也肿了。"老伯爵解释道。

"爷爷,您可以靠在我的身上。"方特勒罗伊彬彬有礼地说,然后走到老伯爵身旁。

老伯爵慢慢站起来,把手放在方特勒罗伊的小肩膀上,小心翼翼地向餐厅走去。

穿过华丽的走廊，他们终于来到餐厅的椅子旁。老伯爵落座，一举一动让仆人们非常吃惊。祖孙俩一边用餐，一边聊天。

方特勒罗伊吃完饭，环视整个房间。

"这房子真是太漂亮了。爷爷，您一定感到非常自豪吧!"方特勒罗伊说。

"我想任何人都会为它骄傲的。"老伯爵回答道。

　　"这么大的房子，要是妈妈也能过来住，那可真是太好了。"方特勒罗伊小声嘟囔着。

　　尽管声音很小，但老伯爵还是听到了，这句话让他很不舒服。

　　用过晚餐，方特勒罗伊又参观了庄园。

　　也许是这几天太过折腾，方特勒罗伊觉得很累，一种孤独的感觉油然而生。

　　不知不觉中，方特勒罗伊在与老伯爵的聊天中睡着了。

　　老伯爵没再说话，靠在椅子上静静地看着可爱的孙子，许多奇怪的念头在他的脑海中掠过。

　　第二天清晨，一缕阳光照进屋子。

　　"早晨好，方特勒罗伊伯爵，昨晚睡得好吗?"仆人向刚起床的小爵爷问安。

　　"非常好，这几天可能太累了。"方特勒罗伊揉揉眼睛笑着说。

　　方特勒罗伊环顾自己的房间，看到许多精美的书籍和各式各样的玩具。他觉得太不可思议了。

"房间真是太漂亮了！"方特勒罗伊说。

方特勒罗伊洗漱完毕，向爷爷的房间走去。

方特勒罗伊轻轻敲了敲爷爷的房门。经过允许后，他走进房间，扑到爷爷的怀里。

"谢谢您，爷爷，是您给了我这么多美好的东西。"方特勒罗伊感激地说。

"喜欢吗？"老伯爵问道。

"实在是太喜欢了，很多都是我从未见过的，比如说一个像棒球似的玩具。"方特勒罗伊描述着。

"那是板球，一种好玩的游戏。"老伯爵回答道。

"不如我拿来咱们一起玩，这样您也许会忘记脚上的疼痛。"方特勒罗伊建议。

方特勒罗伊拿来板球，祖孙二人全神贯注地投入到游戏中，让老伯爵几乎忘掉了身体的疼痛。

下午，牧师莫当特身穿一件黑袍来到多琳考特庄园。

"尊敬的伯爵先生,埃奇农场的希金斯前不久得了重病,眼下他交租有些困难。希金斯的老婆昨天来找我,希望我替他们求个情,缓几天交租。"莫当特如实禀告。

"狡猾的家伙。"老伯爵的脸色变得很阴沉。

听到这里,方特勒罗伊向老伯爵身边靠了靠。

"如果让你去处理,你打算怎么办?"老伯爵对方特勒罗伊说。

"如果我很富有,我不仅要满足他的要求,还要给他的孩子们一些需要的东西。爷爷,您就帮帮这家人吧,他们真的好可怜。"方特勒罗伊哀求道。

"就照你说的办!"老伯爵踌躇片刻,点了点头。

莫当特离开庄园时,心情特别愉快,他没想到事情办得如此顺利,以往到多琳考特庄园,回家的路上从未有过这么好的心情。

把牧师送走后,方特勒罗伊回到爷爷身边。

"爷爷,您好伟大,我替希金斯一家谢谢您!"方特勒罗伊笑着说道。

方特勒罗伊突然不说话了，悲伤起来，眼泪慢慢从眼中流出来。

"真羡慕希金斯一家能幸福地生活在一起。我有点儿想妈妈了，也不知道她现在好不好。"方特勒罗伊哭着说道。

"过几天就去看她，好不好？"老伯爵轻声说道。

"我想明天就去看妈妈，希望爷爷能答应。"方特勒罗伊请求道。

"既然这样，咱们现在就动身。"老伯爵坚定地说。

"您真是太好了，总是为别人着想，妈妈说那是最好的品德。"方特勒罗伊十分高兴。

祖孙二人坐上马车，不一会儿就到了考特洛奇庭院。

仆人还没来得及打开车门，方特勒罗伊就跳下了车。

"爷爷，我扶您！"方特勒罗伊兴奋地说。

"我不下车了，还有其他事情要去处理。"老伯爵的脸色有点不自然。

"去见见我的妈妈吧，她善良而美丽！"方特勒罗伊摇了摇爷爷的胳膊。

"你去吧，一会儿我回来时接你。"老伯爵很坚决。

方特勒罗伊不解地看了爷爷一眼，似乎知道他是不会改变决定的，便向门口快步跑去。

马车缓缓离去，老伯爵不时地向后张望，只见一个小人影冲上台阶，另一个穿着黑色衣裙的人跑着迎出来。他们仿佛是扑到了一起。

这天，牧师莫当特要举行一次盛大的集会。

一大早，教堂院子里就聚集了很多人，议论着方特勒罗伊与多琳考特伯爵的事儿。

他们猜测着老伯爵是否会露面，因为一般情况下，老伯爵是不会来参加教会活动的。

这时，一个女人突然大叫了一声。

"啊，好漂亮的夫人，她就是方特勒罗伊小爵爷的妈妈埃罗尔夫人吧！"女人说道。

话音刚落，所有人都转过身来注视着这位刚刚走进来、身着黑衣的女人。她的到来，引起了不小的轰动。

多琳考特伯爵祖孙二人乘着马车来到教堂，院子里的人们纷纷脱帽向他们敬礼。

方特勒罗伊坐好后，环顾四周，看到了坐在对面的妈妈正冲着他微笑。

老伯爵则坐在教堂的一角看着孙子，一动没动，不知道在想着什么。过了一会儿，老伯爵把目光投向儿媳埃罗尔夫人就座的地方，心情很复杂。

集会结束，人们站立两旁，目送祖孙俩离开。

接下来的日子，祖孙俩相处得非常融洽，经常一起骑马、聊天。

由于孙子的到来，老伯爵的注意力有了转移，生活有了盼望，有时竟然会忘记了脚痛。

不久，医生惊奇地发现，老伯爵的健康大有好转。这也是老伯爵不曾料到的。

老伯爵听说他的儿媳并未过着无所事事的生活。村里的穷人和她很熟。每当有人患了病、遇到伤心的事儿或者缺衣少食，埃罗尔夫人总会热心地帮助他们。

得知继承人的妈妈很受穷人的欢迎和爱戴，老伯爵并无任何不满。出于一种虚荣心理，老伯爵更希望有人夸奖他们母子。

事实上，老伯爵这些日子一直在思考着许多他以前从未想过的问题，比如该用什么方式与孙子相处。有时，他真希望自己的过去能更加光彩些。

不过现在也好，在孙子的带动下，他的良心在感悟着、反醒着。

村子的另一头，有几座房子就要倒塌了。这件事儿，牧师莫当特已经来说过好几次了，可老伯爵却无动于衷。

这几天，老伯爵和孙子骑马路过那里，终于意识到了房屋的危险。

"一定要把那些房子拆掉！"老伯爵作出了决定。

"爷爷，您好伟大，这里的村民一定会感激您的。"方特勒罗伊的脸上满是骄傲。

又过了些日子，一件意想不到的事情发生了。

"老爷，今天上午有个女人来到我的办公室，说是您的二儿子贝维斯六年前在伦敦娶了她，还生下了一个男孩儿，后来因为吵架，贝维斯让她离开了伦敦。现在，她带着五岁的儿子，刚从美国过来，说要夺回继承权……"老律师向老伯爵叙述着事情的经过。

老伯爵听后，在屋子里走来走去，脸色十分难看，看起来他的心里压着一股怒火。

很快，这件事儿在伦敦的大街小巷传开了。

一个男孩儿被接到伦敦，成了多琳考特伯爵的继承人，最近又冒出来一个新的继承人……

然而，方特勒罗伊却异常镇定，他决定回到妈妈身边。

"爷爷，既然事情是这样，您不会收回妈妈的房子吧?"方特勒罗伊问道。

"不会的。"老伯爵回答着。

"那我们还能经常见面吗？您还会像从前那样疼我吗……"方特勒罗伊一连串的问题让老伯爵很心酸。

"会的，会的。相信我，我的孩子。"老伯爵说着，一把抱住了方特勒罗伊。

事实上，经过这段时间的相处，老伯爵已经深深爱上了这个孩子。

不久，方特勒罗伊和多琳考特伯爵的事情，登上了美国的各家报纸，人们议论纷纷，毕竟多琳考特伯爵是英国的知名人士。

在美国，小鞋匠狄克第一时间看到消息，拿着报纸找到了杂货铺的霍布斯。

"这是怎么回事儿，这个新冒出来的继承人的母亲，明明就是我远房哥哥的妻子。多年前，她抛弃了我的哥哥，消失得无影无踪。这会儿怎么就成了新继承人的母亲，真是无耻。"狄克气愤地对霍布斯说。

"看来，塞德里克遇到麻烦了。我们得过去帮他解围。"霍布斯和狄克商量着。

就这样，他们带着狄克的远房哥哥，一起登上了驶往伦敦的客船。

在狄克和霍布斯的帮助下，事情有了进展。狄克、霍布斯，还有狄克的哥哥，在老律师的安排下，与那个自称是新继承人母亲的女人见了面。

结果可想而知，他们戳穿了那个女人的阴谋。

事情处理完后，老伯爵立刻直奔马车。一会儿的工夫，马车就来到了考特洛奇庭院门前。

"方特勒罗伊在哪儿?"老伯爵大喊道。

"您叫他什么?"埃罗尔夫人上前问道。

"哦，是这样的，自称是贝维斯儿子的那个人是个冒牌货。"老伯爵急忙解释道。

"方特勒罗伊，你的妈妈想什么时候搬过来?"老伯爵转过身问孙子。

听到这句话，方特勒罗伊激动极了。

"您确定让我搬过去吗？"埃罗尔夫人疑惑地问道。

"当然。"老伯爵诚恳地说。

"这真是太好了！"方特勒罗伊大喊大叫。

多琳考特老伯爵轻轻地摸着方特勒罗伊的脑袋，然后把他紧紧地抱在怀里。

当天晚上，他们在多琳考特庄园热烈庆祝团圆，大家唱着跳着，为以后的美好生活祝福。

王子与贫儿

"诞生了！王子诞生了！"

"谢天谢地，王子诞生了！"

王子诞生的消息很快传遍英国的大街小巷，人们喝着酒，跳着舞，家家户户高挂国旗，张灯结彩。期盼多年的儿子终于在今天出生了，国王亨利为他起了一个响亮的名字——爱德华。此刻，爱德华王子被包裹在华贵的襁褓中，躺在舒适的摇篮里，沉沉地睡着。

就在举国上下欢庆爱德华王子诞生的时候，一个姓康蒂的穷苦人家也生了一个男孩儿，名叫汤姆。没有美酒，没有庆祝舞会，与王子同年同月同日出生的小汤姆什么也没有。他的家实在太穷了，家人只能靠乞讨为生。此刻，可怜的小汤姆被裹在破布片里，躺在一堆乱草上，手脚冻得通红。

十三年的岁月匆匆过去，转眼间小汤姆已然长成了一个少年。

除了按照酒鬼爸爸约翰的要求每天去乞讨，汤姆最喜欢的事便是去老牧师安德鲁家看书。老牧师虽然贫穷，家里却有很多书。而汤姆最喜欢看的，就是关于王子的故事。

"王子的生活真让人羡慕啊！无论什么时候都能受到人们的尊敬。哪怕只有一次，让我体验一下王子的生活，我就心满意足了！"汤姆时常这样想。

汤姆喜欢和小伙伴们一起玩扮演王子的游戏，当然王子由他扮演。汤姆很有领导才能，所以小伙伴们对他这位假王子都特别尊敬。

一天早晨，一直沉浸在美梦之中的汤姆竟然不知不觉地走到了王宫附近。

"天啊，这里一定就是王宫了！"汤姆自言自语。这时，他看见一位少年和几个随从正在花园里散步。

"看，那就是小王子啊！"围观的人说道。

汤姆兴奋极了，靠近铁门栏杆，拼命地往里看。他想看看真正的王子，哪怕只看一眼。

"你干什么?!"凶狠的卫兵一把将汤姆摔倒在地上。

"喂，你为什么对这孩子这么蛮横？把门打开，我要带他参观花园！"王子朝卫兵喊道。

"为王子的仁慈欢呼吧！"人群里爆发出这样的喊声。

"王子万岁！"人们欢呼着。

汤姆的手脏兮兮的，但王子毫不犹豫地握住了他的手。王子说："来吧，我带你参观一下花园，然后请你吃东西，算是为士兵的无理好好补偿你。"

王子带着汤姆走过花园，来到一间华丽的房间，吩咐仆人准备美食。为了使汤姆可以不受拘束地随便吃喝，王子命令众人退下。

"请不要客气，随便吃吧！"王子对汤姆说。

一直晕晕乎乎的汤姆逐渐清醒过来，看着坐在自己对面的王子，盯着满桌的美味佳肴，他感觉无上荣光。

"现在，我汤姆，是王子的客人！"汤姆这样想着，开始享受那些平时见都没见过的美食。

听着汤姆讲述他自由自在的生活，羡慕至极的王子主动要求和汤姆交换衣服穿。两个少年换完衣服，愉快地在镜子前对视着。

"天啊，如果我们光着身子，恐怕谁也无法将我们分辨出来。"王子惊讶地看着汤姆，毫无血缘关系的两个人竟然如此相像。

"哎呀，你的脖子受伤了！一定是刚才卫兵将你弄伤的吧？我要去惩罚他！"爱德华愤怒地说道。

"殿下，如果您真要去的话，最好把衣服换回来……"汤姆说道。

愤怒的爱德华并没有听从汤姆的劝告，推门就向花园跑去。

"你，快点儿，把门打开！"爱德华对着刚才殴打汤姆的卫兵大声说道。

"赶快滚蛋吧，你这个小叫花子！"卫兵没有认出王子，瞬间将爱德华打倒在地。

"我是王子，你们不得无礼！"爱德华生气地喊道。

"哈哈！看他这副穷酸样儿，还敢冒充王子！"周围的人大笑起来。

"这件衣服是……"爱德华的话还没有说完，看热闹的人便开始用石子拼命地砸他。

"快滚开吧，不要脸的小叫花子！"人们一边用石子砸爱德华，一边嘲弄他。

爱德华拼命奔跑，躲避着石子。他没有想到一个简单的换装游戏，竟造成了如此大的麻烦。

爱德华跑到一所孤儿院，父王曾带他来过这里，他想去见院长，希望院长将他送回王宫。

现在正是孤儿院的休息时间，很多孤儿在操场上做着游戏。顽皮的孤儿们看见一个小乞丐走进来，大声责骂他："看，一个肮脏的乞丐！滚出去！"

"哦不，我不是乞丐，告诉你们的院长，爱德华王子驾到了！"爱德华威风凛凛地说道。

"你们看，这个乞丐疯了！"孩子们向爱德华做着鬼脸。

"你们，我要把你们通通关进监狱！"爱德华怒声骂道。

"这家伙，我们揍他！"孤儿们一起冲向爱德华，拳头雨点般落在他身上。

可怜的爱德华无可奈何，只能连滚带爬地逃出了孤儿院。父王救助的孩子竟然对自己如此无礼，爱德华非常生气。

爱德华感到很疲惫，只好去汤姆家寻求帮助，希望他们可以将他送回王宫。

"将来我做了国王，一定要好好教育小孩子，让他们知道只有善良的人才会得到幸福。"爱德华边走边想。

爱德华到汤姆家的时候，天已经下起了小雨。

"汤姆，你怎么才回来，跑到哪里去了？"一个醉醺醺的大汉朝爱德华吼道。他就是汤姆的爸爸约翰。

"哦，先生，请您仔细看看我，我不是您的儿子，我是王子爱德华！"爱德华哭诉道。

"臭小子，玩扮王子的游戏玩疯了吗？赶快跟我回家！"酒鬼约翰根本不听解释，一巴掌打在爱德华的脸上，然后拖着他回破旧的家中。

"哦不，我是王子，你不能这样对待我!"爱德华拼命叫嚷，但没有任何作用。

此时，汤姆正穿着王子的衣服不知所措地待在王宫里："哦，我会不会被当作坏人抓起来? 不行，我要去找王子要回我的破衣服!"刚刚还在欣赏漂亮衣服的汤姆突然害怕起来。

这时，房门打开了，一名侍者报告说："珍·葛莉公主驾到。"

珍·葛莉公主是王子的堂妹，汤姆记得王子说过。

"请您救救我吧! 我不是王子，只是一个穷人的儿子，我叫汤姆!"汤姆突然跪倒在公主面前。

"啊，您在说什么?"公主不解地问道。

"哦，公主，求求您，请您帮我找到王子殿下。只要找到他，一切就都清楚了!"汤姆哀求着。

公主吓坏了，返身朝另一个房间跑去。她以为王子疯了，决定去找国王。

"完了，完了，他们一定会杀了我的。"汤姆垂头丧气地坐在椅子上。

"王子疯了！"侍者们窃窃私语，讨论着这件不幸的事。整个王宫弥漫着哀伤的气氛。很快，国王颁布法令，制止这些谣言。

可怜的汤姆拼命向来看望他的人解释，可没人相信他。他越是解释，大家越觉得他疯得厉害。最后，连医生都认为他疯了。

在内侍和医生的陪伴下，汤姆被带去见国王。

"我的儿子，到这儿来。"一位脚上绑着绷带的老人说道。

"啊，国……国王陛下，请您救我一命吧！"汤姆跪在地上，不敢抬头。

"看来你真的病了，我可怜的儿子，你连父亲都不认识了？"国王扶着汤姆，注视着他的脸。

汤姆彻底绝望了，不知道该如何为自己申辩。

"也许你只是太累了，我可怜的儿子。明天我要正式册立你为王位继承人，我要彻底消灭那些谣言。"国王说道。

"陛下，掌管典礼的诺福克公爵还被禁锢在伦敦塔里，要是现在举行典礼，我们应该怎么办理呢？"一个大臣想趁此机会救出被冤枉入狱的公爵。

"闭嘴！不要拿他的名字来玷污我的耳朵！我要杀了他！"国王愤怒地说。

"仁慈的国王，对我这样卑贱的人您都能施以恩德，也请赐福给诺福克公爵吧！"汤姆恳求道。

"哦！善良的儿子，我并不想让你为他费心。他可是想造反！不要让那家伙玷污你的心灵，好好养病去吧！"国王看着汤姆说道。

汤姆开始怀念过去的自由，害怕这种金笼子里的生活。可是除了等待爱德华王子归来，他毫无办法。

王子的生活对汤姆来说万分痛苦，无论做什么，都要顾忌这个顾忌那个，即便是吃饭睡觉也要严格遵守礼仪。

汤姆所有异常的表现，都被大厅中的圣·约翰勋爵看在眼里。

圣·约翰勋爵对哈福特伯爵说："伯爵阁下，老实说，您不觉得殿下有些奇怪吗？"

"奇怪？哪里奇怪？这里只有你和我，有什么就请说吧！"哈福特伯爵说道。

"从王子的举动看，他根本不像是疯了，他不记得国王的容貌，忘掉了所有的王室礼节，只记得拉丁文，这些难道不奇怪吗？或许，真的如他自己所说的那样……"圣·约翰勋爵猜测着。

"世界上根本就没有长得完全一样的人，如果他是个骗子，肯定只会强调自己是真正的王子，哪会有人如此愚蠢？王子应该只是病了。"哈福特伯爵自有一套看法。

在不得已的情况下，汤姆只能将错就错，以疯王子的身份出现在大家面前。

午餐很丰盛，金银餐盘中摆放着各种山珍海味。在几十名仆役的侍奉下，汤姆一个人吃了起来。

"可怜的王子，病痛将他折磨得如此粗野……"巴格勒伯爵见汤姆直接用手拿东西，连忙替他围上了一条餐巾。

吃完饭，汤姆竟然将用来洗手的水一饮而尽，并抱怨道："这水香倒是很香，但一点儿也不好喝……"

吃完午餐的汤姆随手抓过一把最爱吃的胡桃，打算带回房间慢慢享用。

汤姆屏退下人，在一副盔甲里找了个东西敲胡桃吃。吃过胡桃，他在壁橱里找到一本关于皇家礼仪的书。这正是

他现在最需要的东西。汤姆坐在柔软的沙发上，认真地看起书来。

国王的寝宫里，国王正在和法院院长商议公事。他在侍从的搀扶下站起身，说道："唉，我老了，皇家法院院长，我的命令就由你去执行吧！"

"遵命，陛下，那么就请您把印章交给我吧！"院长鞠了一躬。

"哦，前几天我把印章交给爱德华保管了，你去王子那里取吧！"国王略微思索了一下说道。

"哦，陛下，很不幸，殿下已经忘了把印章放到哪里了。"院长满脸忧愁地说道。

"那就算了，让他好好休养吧……我实在不忍心让他苦恼了。至于诺福克公爵，就用我的私人印章来处死他，我绝对不能让他活着！"国王说道。

可怜的诺福克公爵就这样被判处了死刑。

此时，大街上，约翰抓着不停挣扎的爱德华往家里走去。

"约翰，怎么了？"邻居们出来问道。

"汤姆这家伙疯了，一直说他是王子，我非好好揍他一顿不可，让他清醒过来。"约翰一边吼，一边用手拍打爱德华的脑袋。

"你这混账，居然敢打我！"爱德华愤怒地叫道。

"你这臭小子，我要好好教训教训你！"约翰捡起一根棍子，朝爱德华的脑袋打去。

"不！"一位老人飞奔过来，挡在爱德华的面前，用自己的身体保护他。

老人挨了一棍，晕了过去。围观的人太多了，黑压压一片，谁也没有认出倒在地上的是牧师安德鲁。

爱德华被酒鬼约翰趁乱拖进家门，推倒在墙角。透过昏暗的烛光，他看见房间的角落里蜷缩着一位老妇人和两个女孩儿。

"那一定是汤姆的母亲和姐姐。"爱德华心想。

"汤姆疯了，一直在说他是王子爱德华。"约翰说。

"哦，我可怜的孩子，他一定是被王子的故事迷了心窍。"老妇人抱着爱德华哭着说。

"不，我是真正的王子！你们赶快把我送回宫去，一切就真相大白了。"爱德华急切地说道。

"睡吧，什么也不要想，明天一早，一切都会好的。"两个姐姐怜悯地看着爱德华，将一片破布和一些稻草盖在他身上。

夜里，疲惫的爱德华正在稻草堆里熟睡，一阵急促的敲门声将他吵醒。

"谁啊？"约翰问道。

"约翰，快逃吧！刚才被你打倒的是牧师安德鲁，他伤势很重，说不定会死！如果你不想被抓，那就赶快逃吧！"外边有人小声地说道。

天啊！慌慌张张的约翰带着一家人偷偷逃出城，此刻，可怜的爱德华正被他紧紧地抱在怀里。

泰晤士河边的人特别多，约翰一家人几乎要被挤散了。爱德华趁约翰和水手交谈的工夫，转身跑入人群不见了。

"今天本该是我的册封日，而现在，小叫花子汤姆却在冒充我！"爱德华自言自语道。他决定揭穿汤姆的真面目，于是向市政厅赶去。

此时，汤姆正坐在市政大厅的最前面。大家不停地向他举杯庆祝，舞会就要开始了。

没人知道汤姆在座位上正感慨着乞丐和王子之间的差别，更没人知道他的心里有多么痛苦。

"让我进去，我才是真正的王子！"爱德华来到市政厅，拼命地向前挤，可换来的只是人们的嘲弄。

突然一名武士按住爱德华的肩膀说道："小伙子，不要再挤了，你会被踩死的！不管你是王子还是乞丐，我都认为你是一个勇敢的人。我叫亨顿，很愿意做你的朋友。"

突然，人群中有人高喊："国王的使者来了！"大家自动让开一条通道，迎接使者。

"陛下去世了!"国王的使者向大家宣布。

得知父亲去世的消息,爱德华悲痛欲绝,只好跟着武士亨顿回家。在亨顿家门前,爱德华突然被约翰一把拽住了胳膊。

"你这臭小子,赶快跟我回家!"约翰愤怒地吼道。

"住手,你怎么能如此粗暴地对待一个孩子?"亨顿不明真相,大声说道。

"不要多管闲事,他是我的儿子!"约翰说道。

"求求您,他说的不是真的,我宁愿去死,也不愿意和他待在一起。"爱德华哀求道。

"快滚吧,如果你再纠缠不休,我就杀了你!"亨顿拔剑赶走约翰,带着爱德华去家里休息。

亨顿也是一个可怜的人,原本住在肯特郡,哥哥病重,弟弟为了争夺家产诬陷他是盗贼,将他赶出了家门。善良的亨顿为了让爱德华高兴,口头承认了他王子的身份,仔细照料他。

夜里，亨顿把唯一的床让给了爱德华，自己则像个仆人一样睡在地板上。第二天，亨顿偷偷为爱德华量好了衣服尺码，去城里的店铺为他买了一件新衣服。可是亨顿回来时，发现爱德华不见了。

"刚才有一个年轻人将他接走了，说是你让他带孩子去森林找你。"一个伙计告诉亨顿。

"天啊，一定是有人趁我不在将他拐走了！真该死，一定是那个自称孩子父亲的家伙干的。我一定要找到他！"亨顿三步并作两步，飞快地朝森林跑去。

王宫大殿内，面对大臣们晦涩难懂的奏折，汤姆感觉很吃力。勉强处理了一些政务，他决定先去卧房休息一下。

一个少年跪在汤姆面前。汤姆问道："你是谁？"

"哦，陛下，我叫汉弗利，是当年替您挨打的侍童。"少年说道。

"哈，放心吧，以后我不会让你再替我挨打了。"汤姆不好意思地说。

"不，陛下，我希望可以继续替您挨打。没有这份工作，我和唯一的妹妹将无法生活下去。"汉弗利哭着说道。

"哦，汉弗利，放心吧，我可以设法保住你的职位。如果你以后没事，可以给我讲讲过去的事。"汤姆说道。

汉弗利觉得汤姆是个仁慈的国王，难怪他会赦免诺福克公爵，难怪百姓们都很尊敬他。

汤姆通过与汉弗利的交谈，知道了很多过去的事。

一天，正在眺望远处的汤姆发现街上聚集了许多人。一问，才知道有三名死刑犯正被押往刑场。仁慈的汤姆不喜欢死刑，于是命人将犯人带到他的面前。

"仁慈的陛下，不管我有没有用毒药杀人，都请您判处我绞刑吧，我不想被开水活活烫死！"一个犯人哭着说道。

"什么，竟然有这么残忍的刑罚？从今天起，我要废除这一项！"汤姆当场宣布自己的决定。

"你能证明自己无罪吗？"汤姆问道。

"哦，陛下，证人说我犯罪的时候，我正在河边救一个孩子！可是，根本就没有人能给我证明……"犯人哭着说。

"将犯人收押，然后去河边挨家挨户地问。快去！"汤姆突然想起了一件往事，记起眼前的犯人正是新年那天救起落水伙伴的那个好心人！

犯人开心极了，连连向汤姆叩头。

"她们母女俩犯了什么罪？"汤姆又问起另两个犯人。

"有四百多名村民证明，这两个女犯人用魔法召来了一场可怕的暴风雨，导致了极大的灾难。"警官说道。

"如果你们能施展一下魔法，我就恢复你们的自由。"汤姆很怀疑，对母女俩说。

"啊，国王陛下，我们哪会施展魔法呀，请您相信我们吧！"母亲为难地说。

无论汤姆如何诱导，母女俩依然说不会魔法。于是，汤姆向广大民众说："看吧，她们是无罪的，根本就不会什么魔法，否则她们是不会放过这个机会的。"

就这样，汤姆用自己的智慧破除了人们的迷信，一件本来很可怕的案子反而在愉快的气氛中了结了。

而没有找到爱德华的亨顿只能回到家里，期盼可以再次见到他。此时的爱德华被约翰和他的两个同伙，强行带到了树林中的一个小房子里。这里住着二十多个乞丐。想着自己悲惨的遭遇，疲惫的爱德华竟在稻草堆上睡着了。

"我不小心杀了一个牧师，哈哈！"约翰的声音将爱德华吵醒，他似乎在向其他人炫耀。

"我叫维恩斯，是个佃农。后来，我租的土地被地主收了回去，只好四处流浪。有一天，警察说法律禁止讨饭，把我关进牢里，用皮鞭抽我，还用烙铁烫我的脸。唉，他们实在太残忍了！"维恩斯说道。

"我叫约翰尔，我的母亲被冤枉用魔法害死了人，我们和维恩斯一样四处流浪，后来就被捕了。我的老婆被打死，两个孩子也活活饿死了……"约翰尔哭道。

听着这些乞丐的讲述，爱德华想：这样残忍的法律应该赶快修订！

一天，爱德华遇见了两个农家小姑娘，她们相信爱德华的话，把他请到家中。爱德华很高兴，第一次有人相信他是国王。他觉得小孩子天性善良，至少比大人要可爱。

"虽然没有什么好东西，但你可以和我们一块儿吃！"女孩儿的母亲将爱德华当成了一个疯子，主动邀请他一起吃饭。

饭后，女孩儿的母亲说道："国王陛下，请帮我们收拾一下桌子吧！"

"好吧，我要向爱尔弗烈大帝学习，洗碗应该不难。"本想发怒的爱德华想起了爱尔弗烈大帝，便开始耐心地刷起碗来。

突然，爱德华看见了约翰，也没来得及向这家人道谢，就迅速冲向门外，一下子就消失得无影无踪了。

害怕被捉回去的爱德华拼命地跑，直到筋疲力尽。

"唉，天黑了，得找个地方过夜才行。"爱德华一边走一边自言自语。

"啊，灯火！"爱德华兴奋地喊着跑到一座木屋前。

"进来吧，这可是个神圣的地方，心地不纯的人进来是会被神惩罚的。你是干什么的?"一个老人问爱德华。

"先生，以前我是王子，现在是国王，我的父亲是亨利。"爱德华回答道。

"来，吃些东西睡吧!"老人递给爱德华几片黑面包。吃饱喝足的爱德华由于一天的劳累倒头便睡。

"亨利!他迫害信徒，让我无家可归，现在我要杀了你的儿子!"老人偷偷将爱德华捆了起来，然后走到一边磨刀。

而此刻，熟睡中的爱德华对这一切却毫不知情。

"这一天我等得太久了，亨利的儿子，准备去死吧!"天亮了，老人拿着刀慢慢向爱德华逼近。

就在这千钧一发的时刻，响起了一阵敲门声。

"把门打开!"是亨顿的声音。

老人随手抓起一块破布盖住爱德华的脸，走过去开门。

"把孩子交出来，有人证明他来了你这儿!"亨顿说道。

"哦，他去村里了，我带你去找他。"老人撒谎说。

　　不久，约翰闯了进来，解开爱德华身上的绳子，将他拖到屋外。

　　"你这个恶棍，我要杀了你！"上当的亨顿骑马冲了回来，正看见约翰拖着爱德华。看着怒气冲冲的亨顿，约翰连忙逃向树林深处。

　　"哦，亨顿！"爱德华紧紧抱着亨顿，流下感激的眼泪。

　　亨顿救下爱德华，找了一头骡子让他骑上，走出树林。

不久，爱德华从惊恐中恢复过来。如今已无处可去，亨顿决定带爱德华回自己的家乡肯特郡。

第三天上午，他们来到一座庄园门前。

"哦，亲爱的弟弟，我回来了！"亨顿喊道。

"你是谁？我的哥哥早就死了！"亨顿的弟弟修说道。

"什么？你这家伙，我要见父亲和大哥！"亨顿愤怒地说。

"我不认识你。我父亲和大哥已经去世了。"修说。然后他又带着讥讽的口气对仆人们说："快出来看看，这个家伙竟然自称是我的哥哥亨顿！"

"我们都不认识他。"仆人们齐声说道。

"爱迪斯在哪儿？我要见她！"亨顿想起了曾经的爱人，他要证明自己的身份。

"请不要乱喊，爱迪斯现在是我的女人！你这冒牌货快滚吧！"修不客气地说道。

"一定是你害死了父亲和大哥，又霸占了爱迪斯。我不会走，我才是庄园真正的主人！"亨顿拔出剑，指向了修。

"来人，快去报案！"修飞快地逃了出去。

爱德华和亨顿正在房间里探讨这件奇怪的事情，爱迪斯进来说道："您快逃吧，就算您真的是亨顿，只要我的丈夫说不是，官员们也不敢承认您是。"

"不，这是我的庄园！我要守护我的家园！"亨顿说道。

话音刚落，修领着十几个警察和一大群手持武器的仆人将亨顿团团围住。

"我才是庄园的主人，你们都给我滚出去！"亨顿手拿利剑大声喊道。

虽然武艺高强，可面对如此多的对手，亨顿招架不住，很快就被绑了起来。

"住手，不许你们对亨顿无礼，我是你们的国王。"爱德华大喊了一声。但在这种情况下，谁会将他的话当真呢？

于是，亨顿和爱德华一起被关进了监狱。

看守将爱德华和亨顿关在了同一间牢房。爱德华每天都

在抱怨国家的法律，发誓要好好修订它。一天，亨顿父亲的仆人博雷克来了。

"少爷，对不起少爷，我帮不上您。他们都说您已经死了。可直到今天，我才知道他们是在诬陷您。"博雷克哭着说。

"我还以为没有人敢认我了，连爱迪斯都……"亨顿说道。

"不，少爷，爱迪斯小姐一定是为了保护您，她是怕修少爷杀了您。只有说您是冒充的，他们才会放过您。"博雷克说道。

"可怜的爱迪斯，我一定要救她！"亨顿暗下决心。

老仆人走后，爱德华开始询问犯人们所犯的罪行，意外的是这里的死刑犯几乎都没犯什么大罪。

我一定要还你们一个公道！爱德华在心中暗暗发誓。

最终，亨顿的判决有了结果，除了坐三个星期的牢外，还要游街两小时，然后被驱逐出境，而爱德华由于年纪小，被免于刑罚。

游街的时候，围观的人群纷纷谴责他们："快看啊，那就是闯入庄园的流氓，他来了！"

爱德华见自己唯一的忠臣竟受到如此不公正的待遇，便向官员解释，结果亨顿又多挨了二十鞭子。

游街后，爱德华和亨顿被赶出了肯特郡。

而汤姆，在做出了公正的判决、赦免了无罪的人后，他对国王的生活越来越感兴趣，也越来越有国王的风范，连曾经怀疑过他的圣·约翰勋爵也打消了所有的疑虑。汤姆喜欢这种高高在上的感觉，陶醉于这种奢华的生活。

难道汤姆已经彻底忘记了爱德华吗？不，当然不会。他怀疑一直不出现的爱德华已经死了，如果真是那样，那也没有办法。汤姆甚至想顺其自然，永远当一名国王。他想念家人，想见到他们，但又不想恢复昔日乞丐的生活。

汤姆虽不是坏人，但也不想割舍眼下的幸福。想到明天加冕典礼的盛况，他兴奋极了。

第二天是新国王加冕典礼的日子，家家户户都悬挂起国旗，庆祝新国王即位。

"陛下万岁!"街道两旁站满了人,都想一睹国王的风采。

"爱德华国王万岁!"汤姆每到一处都能听到赞美之声。

"啊,那不是妈妈吗?"汤姆一眼就认出了人群中的母亲,连忙用手遮起眼睛,挡住脸。

"哦,我的孩子!到底发生了什么?我多么想念你啊!"母亲立刻从汤姆遮眼的小动作认出了他。

"不要胡闹,我不认识你!"汤姆吼道。

卫兵们粗鲁地把汤姆的母亲拖走,赶进了人群。

人群中的欢呼声越来越高,可汤姆的脸色却变得苍白起来。他开始后悔,后悔将从小疼爱自己的母亲赶走,没想到虚荣心竟让他变成了一个冷酷无情的人。

"等一等,我才是真正的国王!"爱德华突然出现,打断了正在举行的加冕仪式。

"来人,把这个疯子抓起来!"大臣们大声叫嚷着。

"住手,他才是真正的国王!国王陛下,请戴上您的王冠吧!"汤姆从主教手中接过王冠,双手捧给爱德华。

对于大臣的众多提问，爱德华对答如流。但问到印章，爱德华瞬间呆住了。

沉思片刻，爱德华说："哦，想起来了，我把印章放在盔甲里了！"

哈福特伯爵怒斥汤姆，想重重惩罚他，但爱德华阻止了伯爵，说："汤姆是一个正直的少年，多亏了他，我才能重登王位！"

听着爱德华的赞美，汤姆不好意思地挠了挠头，原来他一直用来砸胡桃的东西竟然是印章。

在人民的欢呼和大主教的祝福中，国王爱德华终于完成了加冕仪式。

我们的国王，回来了！

亨顿在侍卫的引导下来到王宫。一见王座上的国王，亨顿不禁笑了。这不是爱德华吗？高兴的亨顿抓起一把椅子坐在了国王身边。

"大胆，快下来！"侍卫指着亨顿喊道。

　　"退下，他有这个特权！在我流浪的时候，他多次救过我的性命，他和他的子孙可以在国王面前坐下。"爱德华说道。

　　"感谢陛下赐予的一切！"亨顿感激地说道。

　　"汤姆、亨顿，你们以后要忙碌了，关于赏罚的事情，我需要和你们商量。而且，我需要你们的帮助，我要彻底修订法律！"爱德华说道。

　　"陛下英明！"汤姆和亨顿齐声说道。

　　"陛下，关于法律，我们要慎重，不要矫枉过正。"一旁的大臣说道。

　　"关于痛苦，只有我和我的人民知道！"爱德华国王大声地说道。

汤姆叔叔的小屋

　　肯塔基州希尔比家，奴隶主希尔比与奴隶贩子赫利正在商谈。希尔比沉溺投机买卖陷入了债务危机。债主就是赫利。希尔比打算卖掉奴隶管家汤姆抵债。去年秋天，汤姆一个人去辛辛那提取回了主人的五百美元巨款，而没有趁机携款逃到加拿大，这说明他是一个忠诚可靠的人。可是，暴发户赫利并不这么认为。

　　这时，俊俏、招人喜欢的奴隶小男孩儿哈吉突然闯了进来。他聪明伶俐，能歌善舞。赫利要求连他一起抵债。这时，哈吉的妈妈艾丽查走了进来。赫利看到这个混血女奴隶年轻貌美，打定主意要买走她。虽然希尔比不情愿，但还是答应了。

艾丽查赶紧求希尔比夫人艾米丽给主人说情，但她忙着招待客人忘记了此事。

希尔比夫人把艾丽查从小带大，对她呵护有加。艾丽查的丈夫是附近农庄的黑奴哈里斯。哈里斯虽然没受过什么教育，但聪明能干，发明的洗麻机甚至轰动了他所在的麻袋厂。

主人听说后，非常嫉妒，强行把哈里斯从工厂带回，安排他做最苦最累的活。哈里斯越是反抗，受到的待遇就越是严苛。

"他是人，我也是人，他存心不把我当人看，凭什么让我做牛做马？"哈里斯非常气愤，决定逃离此地。

机会来了！一天，主人吩咐哈里斯去给一个朋友送信。哈里斯决定趁此机会逃往加拿大。

汤姆叔叔的家是一所用圆木盖成的小房子，紧挨着主人的"大宅"。小屋前有个小院子，里面种满了蔬菜和花草。希尔比的儿子乔治很喜欢克鲁伊大婶——汤姆的妻子做的饭菜。尽管父母不让乔治去汤姆家，但他还是经常待在那里。这天在汤姆叔叔家吃完饭，乔治和奴隶们一起开祷告会，闲谈趣闻，小屋里充满了浓浓的温情。

此时的"大宅"里，希尔比与赫利正式签署了买卖奴隶的契约。希尔比对赫利说："你必须答应我在不清楚买主的身份前不要卖掉汤姆。"

送走赫利，希尔比陷入了沉思。

晚上休息的时候，希尔比把卖奴隶的事情告诉了夫人。艾米丽呆坐在梳妆台前，双手捂着脸叹息道："这是上帝对奴隶制的诅咒，它是万恶的、最该被诅咒的怪物。"艾丽查偷听到主人的谈话，决定带着孩子立即逃跑。

祷告会非常热烈，一直开到很晚，所以汤姆夫妇现在还没有入睡。艾丽查敲开汤姆叔叔家的小屋，将事情一五一十告诉了他。汤姆叔叔瞪着眼睛呆呆地站在那里，表情十分悲伤。克鲁伊大婶劝汤姆叔叔赶紧逃，但他认为自己一旦逃跑，主人就会因为无法偿债而破产。经过一番思想斗争，汤姆叔叔最终选择留下来。

第二天早晨，希尔比夫妇起床，发现艾丽查逃跑了。

赫利如约前来，准备带走奴隶。

汤姆叔叔走后，管家的位置就空了出来，另一个奴隶黑山姆觉得自己的机会来了。希尔比命令黑山姆带几个奴隶和赫利一起骑马去追艾丽查。

黑山姆从女主人的话语和神情中察觉，她根本不想让他们追回艾丽查。于是，黑山姆偷偷用棕榈叶把赫利的马眼睛划伤，马受惊折腾了三个多小时才安定下来。赫利只好等到吃完午餐再去追赶。

出逃的艾丽查在路上不敢停歇。终于，她跑到俄亥俄河边。但是，河边没有渡船。一个半小时后，黑山姆和赫利追到了此地。庆幸的是，艾丽查在一个好心人的帮助下提前渡河逃脱。

好心人指引艾丽查来到了俄亥俄州议员博得的家中。博得夫妇对艾丽查的遭遇非常同情。尽管这个州刚刚通过了一项禁止帮助肯塔基州奴隶逃亡的法令，但他们还是把艾丽查保护了起来。

汤姆叔叔即将离开。此时的他坐在家中，膝头放着一本《圣经》，克鲁伊大婶默默地为丈夫熨烫着衣服，脸上挂着泪珠。

"这可能是我们最后一次在一起了。"汤姆叹息道。

克鲁伊大婶绝望地大哭起来。被卖到南方的奴隶从来就没有活着回来的，命运十分悲惨。克鲁伊大婶觉得主人太过分了，本来他早该在几年前就履行承诺还汤姆自由的。

乔治跑过来给汤姆叔叔送行。他气愤地说："我长大了，决不会做买卖黑奴的事。"

"再见了，乔治少爷！愿上帝保佑你！在肯塔基州，像您这样的人太少了。"汤姆爱怜地看着乔治说。

在肯塔基州的一家旅馆，一则追捕奴隶哈里斯的告示引起了人们的注意。其实，乔装打扮的哈里斯就躲藏在眼前的这群人里。

哈里斯在这个旅馆遇到了曾经工作过的麻袋厂的厂主。厂主是一个善良的老人，他对哈里斯说："上帝的周围现在被乌云所笼罩，但终有一天会重见光明的。"

哈里斯看着老人慈祥的目光，感激地说："好朋友，我一定会记住你的这番好心，记住你的这些话。"

艾丽查如今被安置在教友村蕾切尔家中。

蕾切尔跟艾丽查说："你想在这儿待多久都可以，只要你愿意。你还是想去加拿大吗？"

"我必须前进，不能停留。"艾丽查指着小哈吉说。

"唉，我可怜的孩子！"蕾切尔感叹道。

教友村的村民帮艾丽查准备了干粮和衣物。蕾切尔的丈夫带来了哈里斯今晚要来的好消息，原来哈里斯在教友的帮助下成功逃脱，也得知了妻子艾丽查的消息。

艾丽查和哈里斯见面后，蕾切尔夫妇决定晚上十点送他

们到下一站。

"既然时间紧急，为什么晚上才动身？"哈里斯问。

"你们白天待在这儿很安全，因为我们村的人都是教友会的信徒，大家会随时警惕着。你们夜晚上路会安全得多。"蕾切尔解释道。

由于希尔比先生的介绍和老实忠厚的秉性，以及一路上温顺的表现，汤姆在和赫利南下的途中居然在不知不觉间赢得了他的信任。

最初，赫利时刻监视着汤姆，即使是晚上也不允许他取下脚镣休息。然而，汤姆默默忍受着这一切，从无怨言，安分守己。汤姆的态度使赫利逐渐放松了戒备。如今，他们要一起坐船去南方。有段时间，汤姆甚至被允许在船上自由走动。

汤姆是个热心肠，总是主动帮助水手们干活，赢得了船上水手们的一致称赞。

闲暇的时候，汤姆就到甲板上的一个小角落，全神贯注地读《圣经》。

这艘船上有一位叫圣克莱尔的绅士。他出身名门望族，家境殷实，身边带着一个小女孩和一位女士。小女孩非常可爱，就像一缕阳光，又像一阵清风。汤姆时常看见她。

"你叫什么名字，小姐？"汤姆问道。

"伊万杰琳·圣克莱尔，但爸爸和别人都叫我伊娃。你的名字呢？"小姑娘说。

"我叫汤姆，家住肯塔基州，孩子们都叫我汤姆叔叔。"汤姆回答道。

"那么我也叫你汤姆叔叔，因为你知道，我喜欢你。那么，汤姆叔叔，你去哪儿呀?"伊娃说。

"不知道，伊娃小姐。"汤姆回答道。

"不知道?"伊娃问。

"对，我会被卖掉，我不知道那人会是谁。"汤姆面带悲伤地说。

"我爸爸可以把你买下来。如果他买了你，你会过得很不错。今天我就请求他把你买下来。"伊娃马上说。

"谢谢你，我的小姐。"汤姆非常感激。

经过激烈的讨价还价，圣克莱尔先生终于买下了汤姆。

"我一定会好好干的，老爷。"汤姆表明态度。

"你会过上好日子的。爸爸对大家都很好，不过他爱开玩笑。"伊娃笑着说。

下船后，汤姆跟随圣克莱尔先生乘坐马车来到一座古色古香的大庄园。

圣克莱尔先生有着一段不幸的婚姻。他的妻子玛丽整天感叹自己命运不好，受尽委屈，无法照料家庭和体弱多病的女儿。所以他带着女儿伊娃接堂姐奥菲利娅来帮他管家。

奥菲利娅精力充沛，做事果断，生活井然有序，精确得如同时钟。来家几天时间，奥菲利娅就对家里进行了全面整顿，一切都变得井井有条。

经常给圣克莱尔家送面包的黑奴，是个整天喝得醉醺醺的老女人普露。由于她的主人把她当成生孩子供应奴隶市场的机器，她陷入无限悲痛之中，只好借酒消愁。主人经常把普露打得遍体鳞伤，连衣服都穿不了。

汤姆叔叔把奴隶普露的遭遇告诉了伊娃小姐，正准备外出兜风的她脸色变得十分苍白，眼睛里闪现出忧郁而深沉的光芒。

"汤姆，你别去给我牵马了，我不想去了。"伊娃说。

"怎么不去了，伊娃小姐？"汤姆问。

"这件事让我心情沉重，汤姆，我不想去了！"伊娃说完，转身走进了大屋。

几天后，送面包的换成了另外一个女人。此时，奥菲利娅正在厨房忙活。

"咦，普露怎么没来？"首席厨师黛娜问道。

"普露再也不会来了！"那女人神秘兮兮地说。

"为什么？她死了吗？"黛娜问道。

"我不大清楚。她被关进地窖里了。"那个女人瞥了一眼奥菲利娅。

奥菲利娅拿了一个甜面包就离开了。黛娜跟着那女人走到门前，问："普露究竟怎么了？"

"那么，你一定不要告诉别人。普露喝醉了，被关进地窖一整天了。我听别人说，苍蝇都爬到她身上去了……她死了！"那个女人吞吞吐吐，压低声音回答说。

听到这里，黛娜恐惧地举起双手，猛一回头，发现伊娃站在她们身后，眼睛瞪得大大的，嘴唇和脸上一点儿血色都没有。

奥菲利娅把普露的事情讲述给圣克莱尔，说："你居然为这种制度辩护，简直不可原谅。"

圣克莱尔忽然变得严肃认真起来，说："在我看来，奴隶制的实质，就是庄园主靠它积累财富，牧师靠它讨好庄园主，政治家靠它维护统治。他们歪曲和违背伦理的巧妙手法实在令人惊叹！"

圣克莱尔情绪激动,急促地走来走去。奥菲利娅小姐以前从没见过他这样,默不作声。

"我告诉你,"他忽然在奥菲利娅面前站住不动,"有时我想,如果全国都沉没,把不公正的制度及其苦难埋起来,我会心甘情愿和它一起沉下去。我遇到的那些野蛮、可恶、卑鄙、下流之徒,靠着诈骗、偷窃或者赌博赚够了钱就可以买奴隶,法律准许他成为许多买来的男人、女人、儿童的绝对统治者。我一见到这样的人竟然占有无助的孩子,占有年轻姑娘和妇女,我就诅咒这个国家,诅咒整个人类!"

"圣克莱尔!圣克莱尔!你说得太多了。我这辈子从没听过这种话,连在北方的时候也没有听过。既然你说奴隶制有问题,那你为什么还要为它辩护?"奥菲利娅问道。

"我没有为它辩护。这种制度是对人权的更明显、更具体的侵犯:竟然拿人做交易,像马一样,检查他的牙齿,敲打他的关节,接着试试他的步伐,然后交钱把他买下。

那些黑奴拍卖商、奴隶贩子、掮客把这种制度更具体地摆到文明人的面前。为了一部分人的幸福而剥削另一部分人，根本不顾及被剥削者的利益。"圣克莱尔说。

"我从没这样思考过问题，可你怎么没有解放你的奴隶呢？"奥菲利娅又问。

"这个，我还管不了。把他们当作工具为自己赚钱，我不会。让他们帮我花钱，你知道，我并不觉得可耻。他们中有些是多年的仆人，我和他们的感情不错，而且他们对自己的处境也感到很满意。"圣克莱尔说完，仍然在房间里踱来踱去。

午饭时，伊娃的妈妈玛丽又提起了普露的事情。玛丽认为黑奴就是黑奴，不值得怜悯和同情。但是，圣克莱尔提起了西皮奥，这个黑奴为报答他自愿放弃了自由，最后因为照顾他感染霍乱死了。伊娃哇的一声哭了起来。

见到孩子的身体剧烈颤抖着，圣克莱尔连忙问道："伊娃，孩子！怎么了？"沉思了一会儿，他接着说："这孩子，不适合听这样的事情，她太紧张了。"

"不，爸爸，我并不紧张，但这件事让我心痛。"伊娃忽然大声说。

饭后，伊娃到院子里散心。此时，汤姆叔叔正在石板上练习给家人写信。

"啊，汤姆叔叔！你在那上头画什么古怪的东西呢？"伊娃问。

"我在给我苦命的老婆子和孩子们写信，伊娃小姐。但是，不知道怎么搞的，我担心自己写不出来。"汤姆用手背擦了擦眼睛说。

"我真的希望能够帮助你，汤姆叔叔！去年，我学会了所有的字母，不过怕是现在都忘了。"伊娃觉得不好意思。

伊娃决定好好帮汤姆叔叔的忙。他们头挨着头，开始讨论起来，两人都很认真，但却都力不从心。信上的每个字都是他们经过长时间的斟酌商量后，才写上去的。最后，两人相当自信地认为，这封信已经开始有点像样儿了。

"不错！汤姆叔叔，这封信看上去很不错了！你妻子和可怜的孩子们看到肯定会很高兴的！啊，那些人逼你丢下他们，太可耻了！什么时候我让爸爸放你回去。"伊娃高兴地说。

"希尔比太太说，把钱一凑齐，她就让人来赎我。我觉得，她肯定会赎我回去的。乔治少爷还说会来接我，你看，他给了我这枚银币作纪念。"汤姆说着从衣服里掏出那枚宝贵的银币。

"啊，那么他肯定会来的！我真高兴！"伊娃说。

"你知道，我想写信告诉他们我在哪儿，告诉可怜的克鲁伊，说日子挺好的。唉，她是那么苦命！"汤姆说道。

"我说汤姆！"就在这时，圣克莱尔先生走过来说道。汤姆和伊娃吓了一跳。

"这是什么呀？"圣克莱尔走过来看了看信说。

"啊，这是汤姆叔叔的信。我刚才帮他写信了，写得好吧？"伊娃一脸期待的样子。

"我不想让你俩泄气，不过我看，汤姆，你这封信最好还是让我来写。我现在要出去一趟，回来就帮你写。"圣克莱尔说。

"他这封信很重要，因为他的主人准备寄钱来赎他回去。爸爸，他告诉我，他们曾经答应过他。"伊娃说。

虽然当晚圣克莱尔帮汤姆把信写完寄了出去，但他不相信汤姆原来的主人会赎他回去。的确，希尔比夫人是想把他赎回，但希尔比却未必有这个打算。

一天早上，圣克莱尔给奥菲利娅带来一个八九岁的黑人女孩儿托普西。托普西聪明伶俐，怪诞狡黠，平时总喜欢恶作剧。

时间过得真快，转眼已经两年了。日子过得平淡安宁，但是，伊娃的身体却相当糟糕。

一天，伊娃对圣克莱尔说："爸爸，我的力气越来越小，我明白自己会离开的。可是，我还有很多话要说，很多事要做，心里像悬着块石头。可一提起这些事您又不高兴，只好一天天拖着。但事情迟早得解决，不是吗？就让我现在说吧！"

"孩子，我愿意听！"圣克莱尔说。

"那么，我想让仆人全到这里来。我必须给他们说这些话。"伊娃说。

"好吧！"圣克莱尔顺从地说。

不一会儿，仆人们全都到齐了。伊娃挣扎着开始说话："是的，我知道你们爱我，从来没有一个人对我不好。我想给你们留点儿东西作纪念，这样当你们看到它，自然而然就会想起我。我给你们每个人一绺头发，你们一看到头发就会想起我爱你们，记得我已经到天国去了，盼望在那儿见到你们。"

仆人们流着泪，围着小姑娘，从她手里接过最后的爱的礼物。他们双膝跪在地上，忠诚地祷告，吻着她的衣角，期盼她能康复。奥菲利娅担心太过激动对伊娃没什么益处，所以在每个人接过礼物后，便示意他们离开。最后，

只剩下汤姆和老保姆。

"给，汤姆叔叔，这是给你的。啊，汤姆叔叔，我一想到能在天上见到你，心里就特别高兴，因为我一定能见到你。"伊娃说。

"亲爱的朋友，我知道，你也会去那里的。"伊娃热情地搂住老保姆。

"啊，伊娃小姐，你看不出来没有你我活不下去吗？活不下去！就像一下子把这个家所有东西都夺走了！"保姆号啕大哭。

奥菲利娅轻轻把老保姆和汤姆推出房间，一转身发现托普西站在那儿。

"你从哪儿冒出来的？"她问。

"我一直在这儿！啊，伊娃小姐，我一直是个坏孩子，但你愿意也给我一绺头发吗？"托普西擦着眼泪说。

"是的，可怜的托普西，当然愿意。当你看到头发时，想想我是爱你的，祝你做个好孩子！"伊娃说道。

"嗯，我会努力的！不过，上帝呀，学好可真不容易！我好像根本不习惯，没办法。"托普西诚实地说。

"托普西，上帝知道这个肯定会为你难过，不过他会帮助你的。"伊娃笑了笑说。

死亡似乎已经在所难免。一天早晨，奥菲利娅问一直守在伊娃房间走廊上的汤姆："伊娃告诉你今天感觉特别糟吗？"

"没有。但今天早上她告诉我说，她离天堂更近了。有人告诉她，是天使告诉她的，说'那是黎明前的号角声'。"汤姆引用一句赞美诗中的话说。

听到这里，奥菲利娅决定彻夜守在伊娃身边。

午夜，医生委婉地告诉奥菲利娅，孩子的身体状况变糟糕了。

奥菲利娅急忙走出房间，在圣克莱尔的房门上重重敲了几下。

"弟弟，快过来一下。"她大声说。

这句话落在圣克莱尔的心头，就像泥土砸在棺材上。他跑到女儿房间，俯下身看着睡梦中的伊娃。孩子的脸上没有出现丝毫可怕的神情，一切都是那么平静。

"醒醒，宝贝！"圣克莱尔对着伊娃的耳朵说。

那双湛蓝的大眼睛睁开了，一丝微笑浮上她的脸庞。

"亲爱的爸爸，我看见了……爱——欢乐——平安！"伊娃轻声说着，用尽最后一丝力气伸出胳膊抱住父亲，但随即就垂了下来。

沉浸在丧女悲痛中的圣克莱尔，失魂落魄。一天，他在一家咖啡馆看报纸。没想到两个醉汉发生冲突，他上前劝解，结果被刺伤，当天就死去了。

圣克莱尔夫人玛丽决定把汤姆以及其他五六个奴隶卖出去，尽管奥菲利娅极力反对也无济于事。以凶残著称的奴隶主莱格里买下了汤姆。汤姆的苦难从此开始了……

在莱格里的种植园，汤姆和他的伙伴备受虐待。他唯一的慰藉就是晚上坐在火炉边默读《圣经》。这样，他心里的勇气就会大增，好像看到上帝和天国离自己不过咫尺之遥了，觉得自己能经得住拷打，经得住火烧，经得住任何折磨和打击。

在汤姆的感召下，很多奴隶央求他给大家念《圣经》。汤姆经不住大家的央求，说："世间一切受苦难的人们，请到我这里来，我会替你们消除苦难，得到安息的。"

主人莱格里没有信仰，以折磨汤姆、破坏他的宗教信仰为乐趣。

"嘿，老家伙，你信仰的宗教可以救你吗？总有一天我会让你开窍的！"他经常这样讽刺汤姆。

这无情的嘲讽比饥饿和寒冷更让汤姆难受。

奴隶卡西被汤姆的虔诚所感动。她偷偷在莱格里的酒里放了安眠药，让他睡得像头死猪，准备汤姆一起逃走。

卡西找到汤姆，抓着他的手说："随我来，汤姆！我有好消息告诉你。"

"什么事，卡西？"汤姆急切地问。

"汤姆，你想不想得到自由？"卡西问道。

"当然。"汤姆说。

"那你今晚就能得到自由，跟我走！后门开着，我放了把斧头在那儿。他卧室的门开着，我可以给你带路。"卡西乌黑的眼睛盯着汤姆。

汤姆有些犹豫不决。

"走吧！"卡西再次催促。

"卡西，如果你能逃出这地方就赶紧走吧！以前我倒是想逃，可上帝给了我照顾这些苦命人的使命，我要留下来，一起把十字架背到底。你不一样，最好赶紧走。"汤姆默默盯着卡西，坚定地说。

看着汤姆坚定的神情，卡西没有办法，只好只身逃走。

望着卡西远去的背影，汤姆默默地说："上帝保佑你！"

卡西逃走后，莱格里带着几个奴隶四处搜捕，但最终也没有找到。气急败坏的莱格里便把怒火都发泄到汤姆身上。

汤姆受尽酷刑，奄奄一息。

一天，乔治少爷居然来到了莱格里的种植园，原来是奥菲利娅写信通知他来的。

"汤姆叔叔，请你醒醒吧！看呀，乔治少爷来了，你心爱的小乔治少爷来了！你认不出我了吗？"乔治蹲在汤姆身边，轻轻地呼唤着。

"乔治少爷！"汤姆睁开眼睛，声音十分微弱。他好像有

点莫名其妙。慢慢地，汤姆那双浑浊的眼睛发出了亮光，视线集中起来，整个脸露出笑容，眼泪夺眶而出。

"啊，乔治少爷，你来得太晚了，上帝已经赎回我了，天国比肯塔基州好多了。"汤姆闭上眼睛，很快就不行了。

"从今以后，我将致力于铲除奴隶制，把这魔根祸胎从我们国家彻底铲除！上帝为我作证！"乔治发誓说。

这一天希尔比宅院上下欢腾，热闹异常，等待着为少爷乔治接风洗尘。

克鲁伊大婶固执地让希尔比太太帮她把工钱取出来，让汤姆看看她是多么能干。太太为了让她高兴，非常痛快地答应了这个要求。

客厅里，克鲁伊大婶和希尔比太太说着话。这时，车轮声由远及近，越来越清晰了。

"乔治少爷回来了！"克鲁伊大婶跑到窗前。

希尔比太太跑到楼道口，紧紧地拥抱着儿子。

暮色深沉，克鲁伊大婶十分焦急，不停地在夜色中寻找着什么。

乔治握着克鲁伊大婶乌黑僵硬的大手，面带悲伤地说："啊，可怜的克鲁伊大婶，如能把汤姆叔叔赎回来，我倾家荡产也心甘情愿，但他已到天国去了。"

希尔比太太悲痛地尖叫一声，而克鲁伊大婶却表情平静，既没有哭，也没有说话。

一行人走进餐厅，克鲁伊大婶引以为自豪的工钱还摆在桌子上。

克鲁伊大婶默默地走到桌前，颤抖着把钱收好，递给希尔比太太："给，我不想看到这些钱。我早知道会是这个结果。卖到该死的种植园，就等于被折磨死！"

说完，克鲁伊大婶转头走出了客厅。

一个多月后的上午，乔治少爷将希尔比庄园所有的仆人召集到大厅。

乔治手里拿着许多契约书，庄园中每一个奴隶的自由证书都在契约书里。奴隶们哭泣着，欢喜地叫喊着。乔治念着他们的名字，把证书发到每个人手中。可是许多人拥在乔治身边恳求着，不愿离去。他们神情忧虑，甚至想把证书还给少爷。

"你们可以不离开我，庄园里仍然需要许多人，可是你们现在都是自由人了，按约定，我会为你们的劳动付报酬的。还有一点就是，你们再也不会被别人抓去做奴隶了。以后我会接管庄园的全部生计，教你们学知识，教你们行使自己作为自由者的权利。我以上帝的名义起誓，一定诚信待人。朋友们，为你们获得的自由感谢上帝吧!"乔治滔滔不绝地说。

"还有一件事，你们大家都还记得我们善良的汤姆叔叔吧?"乔治示意大家停止对他的感谢，说道。

乔治简单地讲了讲汤姆临终时的情景，然后说："朋友们，我在他的面前，对着上帝做出决定，趁我还能给予奴隶自由的时候，不再拥有一个奴隶。因此，在你们庆祝获得自由之时，要记住，应把功劳归于那位善良的老人，要

好好对待他的妻子儿女，以报答他的恩情。你们每次看见汤姆叔叔的小屋时，都要想想你们的自由来之不易。让这座小屋成为一个纪念物，时刻提醒你们学习他，就像他一样，做个忠诚的基督徒。"

艾丽查和丈夫哈里斯一家终于踏上了去往加拿大的轮船。当船行驶到加拿大小镇阿默斯特堡时，哈里斯和艾丽查默默地站在甲板上，望着宁静的小镇。他们的呼吸变得急促起来，眼睛也慢慢模糊了。最后，哈里斯一家平安无事地上了岸。一直等到所有人都离去，夫妇俩才流出喜悦的泪水，激动地拥抱在一起，接着又把迷惘的小哈吉抱起，一起跪倒在地，感谢上帝！

啊，霸占别人自由的人们，面对上帝，你们该怎样去解释，你们的良心何在啊！

野性的召唤

北极探险者发现了大量金矿，成千上万的人怀着发财梦想，一批批地拥向北极。在那个只有冰雪的世界里，雪橇是唯一的交通工具，而雪橇的行进则需要狗拉动。

就这样，沿着太平洋海岸，所有体格健壮、长毛耐寒的狗，都遭遇了一场前所未有的威胁。布克住在南加州一座漂亮的庄园里，它是米勒法官家的一条狼犬。

布克的父亲是一条魁梧的圣伯纳犬，母亲是苏格兰牧羊犬。优良的血统造就了它壮硕的体魄，长期的运动磨炼了它的筋骨，使它具有猫的敏捷和豹的速度。

布克做梦也没想到园丁助手莫纽尔是一个不值得信赖的人。一天，莫纽尔带它出去散步。它毫不犹豫地摇了摇尾巴，高兴地跟着去了。

狡猾的莫纽尔带着布克偷偷穿过牧场，来到火车站。

车站里一个陌生男人一见他们走近，立刻迎上去，和莫纽尔窃窃私语。不一会儿，陌生男人拿出一根粗绳，套在布克的脖子上，缠了两圈，把它勒晕，然后扔进火车行李车厢。

原来，莫纽尔把布克卖给了这个陌生男人。几经辗转，布克最后来到西雅图的一个小院里。一个穿着红色衬衫的强壮男人从屋里走出来，手里拿着一把斧头。

啪！木笼子被劈开了。布克带着积聚了两天两夜的怒火，蹿出笼子向男人猛扑过去。

眼看就要扑到男人身上了，突然，布克挨了一棒。它又连续进攻了十多次，但都没有成功，最后还晕了过去。

许久，布克逐渐恢复了知觉，但身上一点儿力气都没有。

"现在你要明白自己的处境，只要你乖乖地听话，一切都会好起来的。否则，我会打得你全身骨头散架，明白吗?"身穿红色衬衫的男人对布克恶狠狠地说。

布克知道它是被棒子击败了，并不代表它已经垮了。经过这次惨痛教训，它明白了一个道理：面对拿着棒子的人，是根本没有胜利机会的。

布克又在笼子里待了好多天。在这些日子里，又陆续来了一些别的狗。有的狗服服帖帖，但大部分的狗和布克一样狂怒咆哮。然而无论怎样，它们最后不得不屈从于那个穿红色衬衫男人的棒子之下。

一天，来了一个叫巴罗特的男人。看到布克时，他特别兴奋。巴罗特是加拿大政府的信使，这次是特意来买拉雪橇的狗。他知道这条狗非同寻常，是万里挑一的好狗。付了钱，巴罗特将布克和柯利——一条温顺的纽芬兰狗一块儿带走了。

在游轮"华纳"号的甲板上，它们望着渐渐远去的西雅图，布克怎么也没想到，这是它这辈子最后一次看见温暖的南方了。

巴罗特把它们交给一个名叫法兰夏的黑脸大汉。在"华纳"号的船舱里，布克还看到了另外两条狗，其中一条叫史皮兹，另一条叫德夫。

"华纳"号日夜兼程向前驶去。布克身处茫茫大海，根本就不知道过了多长时间，但是明显感觉天气越来越冷。

一天早上，轮船的螺旋桨终于安静下来，法兰夏带它们上了岸。哦，这里原来是北极！

远离阳光明媚的南方，来到只有冰和雪的北极，布克冷得直打战，不由得缩成一团。

这里是蛮荒之地，人和狗的生命都处在危险之中，必须随时保持高度警惕。这里的人和狗全是凶狠野蛮的家伙，除了暴力，根本就不知道什么是秩序、什么是法律。

要不是亲眼所见，布克简直不敢相信狗也会像豺狼一样，凶狠地攻击自己的同伴。

一天，它们在堆放柴火的仓库旁休息，一条爱斯基摩犬慢慢地跑来，柯利便热情地迎了上去。

见到柯利走近，爱斯基摩犬不分青红皂白，闪电般地蹿起来，用尖利的牙齿狠狠咬了它一口。不幸的柯利，从眼睛到下颌整个都被撕裂了。

就在这时，陆陆续续又来了三四十条爱斯基摩犬，它们兴奋地尖叫着，不停地撕咬柯利。布克被柯利凄惨的叫声吓呆了，愣在一边，不知如何是好。挥舞着斧头的法兰夏和三个拿着棒子的男人立刻跳进狗群，驱赶爱斯基摩犬。

从柯利倒下到最后一个攻击者被赶跑，不到两分钟，它躺倒的地方只剩下一堆血淋淋的碎片。

经过这件事，布克领悟到，在这个蛮荒的北极，谁的力量大、牙齿锋利，谁就是强者。

一天，巴罗特又带来三条纯种爱斯基摩犬，一条叫比利，一条叫乔依，还有一条叫索洛克司。比利温顺善良，乔依乖戾暴躁，索洛克司只有一只眼，身上脸上都是疤痕，显然经历了无数次战斗。索洛克司有一个怪癖——特别讨厌别人走近它瞎眼的一侧。

在寒冷的北极，布克经常被冻得睡不着觉，但它发现比利躺在雪底下，身体蜷缩成一团，睡得倒挺安稳。它欣喜若狂地在雪底挖了一个洞，学着比利的样子紧紧蜷缩着身子。没过一会儿，它就觉得全身暖和，很快进入了梦乡。

后来，队伍里又添了三条爱斯基摩犬，现在总共有九条狗了。

虽然拉雪橇的工作比较辛苦，但布克并不觉得厌烦。最让它感到惊讶的是，平时懒洋洋、对什么事都漠不关心的德夫和索洛克司，一套上缰绳，仿佛就变成了另外一条狗。拉雪橇这种苦役，对它们来说，好像是生存的唯一目的，也是精神振奋的唯一动力。

它们每天一大早就出发，越过长长的丛林地带，再横穿几百米高的雪峰和冰川。中午，它们就在冰川下休息一会儿，然后翻过齐古特大分水岭，奔驰在死火山形成的湖面上。

半夜，它们赶到目的地，那里是成千上万淘金者汇集的大本营。

跑了一天的路，一到营地，疲惫不堪的布克就在雪地里挖了一个洞，钻进去呼呼大睡。第二天天还没亮，布克就被叫起来，和同伴们一起被套上雪橇，再次出发。布克身上表现出来的各种能力，都远远比同伴们优秀。

在北极的原始森林里，有一种动物和它们的生活习性很接近，那就是狼。由于经常和狼共同生活在同一片森林里，在布克的先辈中出现了与狼混交的子孙，这些子孙也遗传了狼的野性和搏斗技能。尽管在南方生活了那么多年，但布克体内狼的血统依然存在。

现在的布克体格强壮得足以抵挡任何暴风雪，凶悍和狡猾不亚于任何一条长在阿拉斯加的爱斯基摩犬，已经完全具备当首领的资格。

随着和首领史皮兹之间的矛盾激化，布克统治的欲望也一天天膨胀起来。它每次接近史皮兹，总是毛发竖起，发出威胁性的低噪。

一天夜里，史皮兹抢走了布克的猎物，于是它们之间你死我活的决战终于爆发了。

打斗时，一群爱斯基摩犬把两个决斗者团团围住，眼睛

里闪烁着贪婪的光。

布克曾经见过这种情景，知道这种静默代表着什么，因此更加谨慎地迎战史皮兹。

史皮兹是一个身经百战的老手，相比之下，布克就显得稚嫩了许多。纠缠了一会儿，布克依然无法突破史皮兹的防线。从打斗开始到现在，史皮兹毫发未损，而可怜的布克却浑身是伤。

经过一次又一次的失败，布克领悟到，除了靠本能去迎战外，还应该多用脑子。它奋力冲过去，假装用肩膀撞史皮兹，但是在最后一瞬间，突然把身体贴近地面，径直冲过去，紧紧咬住史皮兹的左腿。

咔吧一声，史皮兹的左前腿残废了。布克再次采取相同的战术把史皮兹的右前腿也咬断了。史皮兹忍受着剧痛，硬撑着不让自己倒下来。

终于，布克战胜了史皮兹。瞬间，那些紧紧围在两个斗士四周的爱斯基摩犬立即冲上来，等它们散开时，史皮兹已经不存在了。

布克这个胜利的斗士——充满着统治欲望的野兽，站在一旁静静地凝望着。它杀死了自己的敌人，感到无比开心和得意。

第二天早晨，法兰夏和巴罗特发现史皮兹失踪了，焦急地四处寻找，但却没有找到。

后来，法兰夏看到布克浑身是伤，马上明白发生了什么事。他把布克叫到跟前，借着火光仔细察看它的伤口。

巴罗特把营具收拾妥当，堆放在雪橇上，给雪橇狗一一套上缰绳，准备出发。

就在巴罗特给狗套缰绳的时候，布克突然跑到史皮兹原来站的位置，主动取代史皮兹成为狗队的领袖。

法兰夏给予了布克很高的评价，说它是魔鬼的化身。然而，就在布克站到领队位置的这一刻起，法兰夏发现自己还是低估了它。

布克敏捷的反应、飞速的动作、高超的领导能力，让法兰夏和巴罗特叹服不已。它用行动证明了自己比史皮兹更加优秀。布克确实很有领导天分，在它的领导下，狗队纪律严整，全体雪橇狗的步调整齐划一。

它们连续奔跑了十四天，每天平均行进二十公里。

巴罗特和法兰夏完成任务后被上级调走了。接替他们的，是一个专门为淘金者运送邮件的人。虽然都是运送邮件，但是相比从前，信函的数量增多了，把雪橇堆得满满的。

布克并不喜欢这份繁重无趣的工作，这种单调的生活就像机器上的齿轮，轨道永远是设定好的。

这一次，它们走得很辛苦，那些沉甸甸的邮件弄得它们筋疲力尽。因此，当它们到达目的地的时候，一个个都瘦了下来，布克原本厚实的肌肉不见了。

这样的疲惫，至少得十天半个月才能调养过来。可是，两天之后，它们又得出发。

倒霉的是，从出发那天起，每天都下着大雪。松软的雪道使雪橇的行进速度大打折扣。虽然布克的新主人应对这种情况经验丰富，时常在旁边协助，可是它们跑起来仍然觉得非常吃力。

入冬以来，布克已经带领同伴们跑了九百公里，即使是最壮实的狗也受不了。更何况，在这段漫长的路途中，它们还拉着沉甸甸的雪橇。

布克以坚强的意志忍耐着。虽然十分疲惫，但它并没有忘记自己的职责，继续监督同伴们工作，尽力维持着良好的秩序。

它们夜以继日地连续赶了二十天的路，按常理应该好好地调整一下。但布克和同伴们又被卖给了两个美国人——年纪较大的叫查里斯，年轻的叫哈尔。他们买了十四条狗来拉一些笨重的行李。

第二天太阳已经升得很高了，布克才率领着长长的狗队，慢腾腾地出发。布克和同伴们早已没有体力了，而那些新加入的同伴又不卖力，所以狗队的阵容虽然强大，但走起路来却一个个无精打采。

这条雪道布克已经跑过四次，沿路的种种艰辛它都一一经历过。如今，在疲惫不堪的情况下开始同样的苦役，它感到非常痛苦。几天来，它们经常是一天连五公里都走不完，有时甚至根本就无法上路。这和以前相比，差距简直太大了。

随着日子一天天过去，狗粮缺乏问题终于出现了。

查里斯和哈尔一直认为，雪橇狗跑不快是因为吃得太少，要想加快速度，只有增加供给量。于是，他们把雪橇狗的食物供给量增加了一倍，这么一来，狗粮短缺的情况就更加严重了。他们根本就不明白，布克和同伴们需要的不是食物，而是休息！

一天，哈尔突然发现，还没走完四分之一的路程，狗粮就消耗了一大半。他决定减少狗的口粮，同时增加每天行进的路程。

由于食物缺乏，加上工作劳累，布克和同伴们的身体每况愈下。雪橇狗的数量开始慢慢减少，从开始的十四条减少到如今的五条。

布克虽然还是走在队伍的最前面，但已不再强迫同伴们遵守纪律。因为极度衰弱，布克的视力慢慢减退，只能凭着脚的感觉辨别方向。

随着时间的流逝，冬天已经不知不觉地被充满生机的春天代替。此时，整条冰河都在消融之中。他们到达河口，向安扎在这里的桑顿打听路况。

再次出发的时候，瘫在地上的狗队在哈尔皮鞭无情的抽打下缓慢爬起来，索洛克司首先爬起来，然后是提克、乔依和派克。至于布克，任由鞭子一次次地抽打在身上，始终趴在地上，既不哀号也不挣扎。

其实，如果努力一下，布克还是可以勉强站起来的，但它就是一动不动。它曾经在这条冰河上，拖着装满邮件的雪橇往返了好几次，非常清楚冰河的情况。刚才抵达河岸

的时候，它就知道冰面已经松动了。

布克仍旧不站起来，任由皮鞭雨点般地落在身上。就在这个时候，桑顿突然跳起来，挡在布克面前。

"它是我的狗。我们还得赶路，快让开，不然别怪我不客气。"哈尔大声吼道。

但是桑顿一动不动地站在那儿，根本没有让开的意思。哈尔没有勇气和桑顿搏斗，他看了看躺在地上奄奄一息的布克，猜想它是拉不动雪橇了，只好催着别的雪橇狗出发了。他们缓缓地向河中央走去……

桑顿抱起布克，准备回帐篷休息，突然听见了一声惨叫。他立刻转过头，看见哈尔的雪橇队整个儿掉到了冰河里，只露出后半部分。一眨眼的工夫，雪橇连人带狗完全消失了。

在桑顿的细心照料下，布克身上的伤口慢慢愈合，又恢复了往日的神采。

除了布克之外，桑顿原来还有两条狗，一条叫斯基特，另一条叫尼格。它们像亲兄弟一样，一起分享着桑顿的慈爱和宽厚。

在这个温暖的家里，布克开始了它的新生活，也第一次产生了爱，一种纯真热烈的爱。尽管布克非常爱桑顿，但是潜藏在体内、遗传自祖先的原始本性依然存在。

一天，两个身材魁梧的男人来到桑顿的营地。这两个人一个叫汉斯，另一个叫彼得，他们带着桑顿和三条狗，一起离开河口。一路上，他们乘船顺着解冻的河流，很快就到达了目的地——道生。

一天，桑顿和两个朋友驾着独木舟，准备越过一条湍急的河流。结果河水太急，一不小心船翻了，桑顿被水冲到了河里。

在生死攸关的时刻，布克奋不顾身地跳进河里，把桑顿救上岸，而自己却被礁石撞断了三根肋骨。

冬天，布克又做出了一个壮举。

一次，桑顿在爱多拉都酒吧和人打赌，赌布克可以拖着一千磅往前走一百米。赌注是一千六百美元。然而，没人相信它能做到。

桑顿把布克带上来，把缰绳直接套到雪橇上。周围静悄悄的，每个人都紧紧盯着布克。

布克先拉紧缰绳，然后再放松几厘米。这是它上路之前的准备动作。接着，它往右边拉了一下，缰绳顿时绷紧，然后再猛力一拉，满载二十袋面粉的雪橇动了，滑板底部发出清脆的冰裂声。

"左！"桑顿下了命令。

布克又以同样的方法向左转。只见雪橇上的雪崩落了，跟着滑板缓缓滑动。沉甸甸的雪橇动了！旁观的人都屏住了呼吸，一个个瞪大眼睛，注视着布克的一举一动。

"布克，走！"桑顿的命令好似一声枪响。

只见布克身体前倾，全身结实的肌肉仿佛拧在了一起，四只铁爪拼命地往前迈。

桑顿跟在后面，不时给布克加油。当布克慢慢接近代表终点的火堆时，四周响起了震耳欲聋的欢呼声。布克经过火堆，按命令停下来，雷鸣般的掌声立即响起。

布克仅仅用了五分钟时间，就给桑顿赚了一千六百美元。这笔钱除了帮桑顿还清了一些债务外，还让桑顿终于有机会实现多年来的梦想——去东部探险。

在淘金人当中，一直流传着这样一个故事。在东部的某个地方，有一座神秘的金矿，但至今没人能找到它。

有了钱，桑顿决定去东部一探究竟。他和彼得、汉斯带着三条狗，走向了一个不可知的未来。

他们越过一个个分水岭，战胜一场场暴风雪，不惧艰险，在荒漠里跋涉。

一天，他们来到一片开阔的山谷，谷底有一条小溪缓缓流过。汉斯发现，在浅浅的河床上有忽闪忽闪的光，赶紧叫桑顿和彼得拿出淘金盘在河里淘起来。没想到最后留在淘金盘里的，果真是黄灿灿的金子！

  他们便在小河旁搭了一座小木屋住了下来。他们每天都去河里淘洗沙金，然后把淘洗干净的黄金装在鹿皮袋子里，像堆木柴那样，一袋一袋地堆在他们的木屋旁边。

  随着时间的推移，他们的黄金越来越多。

  这些日子，狗群整天无事可做，只是偶尔陪桑顿出去打打猎，然后把猎物拖回来。所以，布克大部分时间都是在火堆旁度过的。

　　每当舒服地趴在火堆旁，布克就会陷入遐想。偶尔，从远处会传来几声嗥叫。那声音很不寻常，似乎一直在召唤它，让它感到恐惧，但又有一种亲切感，心中埋藏已久的野性躁动慢慢被唤醒。

　　一天夜里，布克突然从睡梦中惊醒，鼻翼不停地扇动，全身的毛竖立起来。森林里又传来了神秘的呼唤声，它们从来就没有这么清晰过。布克走出宁静的营地，奔向森林。

　　布克悄悄接近那个越来越近的呼唤，来到丛林中的一片空地上。一匹体形瘦长的野狼正蹲坐在那儿，冲着天空嗥叫。

　　尽管布克非常小心，但野狼还是觉察到了动静，竖起耳朵四处张望。布克紧缩成一团，尾巴挺得直直的，带着复杂的心情走向野狼。

　　布克友善的态度，弄得野狼莫名其妙。它看到布克的身材明显比自己高大，不由得害怕起来，想找个机会逃跑。

野狼冲了多次，但都没有成功，感觉疲乏极了。最后，布克用鼻子顶住野狼的脖子，使它再也动弹不了了。

野狼发现布克并没有伤害它的意思，便和它互相碰了碰鼻子，算是回应布克的友好。很快，它们便成了好朋友。

在清冷的月光下，它们沿着小河奔跑，来到一片广阔的原野上。布克终于知道那呼唤声的含义了。它朦胧中觉得很久以前也是这样，和兄弟们无拘无束地奔跑在无边无际的原野上。

后来，它们在一条小河边停下来喝水。桑顿的身影突然掠过布克的脑海，它不觉一愣，蹲坐下来，一动不动。

野狼喝完水，碰碰布克的鼻子，做出各种友好的动作，鼓励它继续往前跑。但是布克没有理睬它的热情，转过身沿着原路慢慢地往回走。

开始时，布克走得很慢，心里十分矛盾，但后来便毅然决然地迈开步子，轻快地跑起来。

桑顿的爱终于战胜了荒野的召唤，此时的布克恨不得立即投进桑顿的怀抱。

布克回到营地，跑进木屋，见到桑顿，它一阵狂喜，热情地扑到他身上，又抓又舔。

然而，两天之后，那来自森林的召唤声再次响起，而且比以往任何一次都更加急切。与野狼并肩奔跑在广阔原野的喜悦之情，又重新萦绕在布克的心头。

桑顿看着布克大步走出营地，不由得发出阵阵感慨："这是世间独一无二的狗！"

布克走进森林，受周围神秘气氛的影响，立刻反射性地将原始本能和野性淋漓尽致地展现出来。它不再是主人温顺忠诚的狗，而是荒原上一匹狡猾凶残的狼。

遇到猎物，它会迈着轻盈的步子潜行，有时还会像蛇一样狡猾地爬行，然后突然跳过去袭击猎物。

一天，布克回到营地，发现营地遭到一群印第安人的袭击，汉斯、彼得和桑顿都被残忍地杀害了。它立刻愤怒

了，疯狂了。

一群正在木屋里跳舞庆贺的印第安人，听到忽然传来的咆哮声，吓了一跳。

布克首先扑向最前面的首领，在他的脖子上狠狠地咬了一口，鲜血立刻喷射出来。印第安人见此情形，惊恐地尖叫起来，仓皇逃向森林。而布克就像恶魔的化身，在后面紧追不舍……

这以后，布克要么整天静坐在桑顿死亡的水潭边沉思，要么漫无目的地在营地里来回游荡。

桑顿的死给布克带来了非常大的打击，也留下了无限的寂寞。它在营地里游荡，不时停下来默默地望着印第安人的尸体。只有在这个时候，它才能忘记寂寞带来的伤痛。

夜幕降临，一轮明月高高地悬挂在夜空中。伤心的布克久久呆坐在水潭边，目光迷离，精神恍惚。突然，它感到周围有一股既陌生又熟悉的气息在流动，不禁警觉起来，竖起耳朵。

这时，从遥远的地方传来一声尖厉的嗥叫，紧接着便有一片同样尖厉的嗥叫声应和。

听了几次，布克明白了，那是留存在记忆深处、来自另外一个世界的召唤。

布克知道迟早会有这么一天。它伫立在山谷中央，像石雕一样一动不动。

狼群慢慢走过来，发现了布克，然而它的沉稳淡定却令它们望而生畏。双方僵持住了。

一匹瘦长、身上长着灰毛的狼，态度和善地缓缓向布克走来。

布克立即认出，它是那匹跟自己奔跑了一天一夜的狼。

灰毛狼发出呜呜的叫声，布克回应了一声。一会儿，它们便互相碰起了鼻子，沉浸在久别重逢的喜悦之中。这时，一匹疤痕累累的老狼走上前来。布克看到它，咆哮一声，立即摆出迎战的姿态。

可是，那匹老狼并没有袭击它的意思，反而亲热地碰了碰它的鼻子。随后，老狼蹲坐下来，高高地抬起头，向着天空发出悠长的狼嗥，而其他的狼也跟着蹲坐下来，长嗥附和。

布克终于真切感觉到了来自荒野的神秘呼唤，既感动又兴奋，也蹲坐下来开始嗥叫。

老狼挺直腰身站起来，唱起群狼的嗥歌，直奔森林而去，其他的狼也嗥叫着紧随其后。

布克和狼兄弟一边奔跑一边嗥叫，雄浑的嗥叫声渐渐隐没在丛林深处。

几年后，住在森林中的叶海特人，发现野狼的种群发生了变化。他们看到有些狼的头和嘴巴上出现了棕色的斑点，胸口长出了一团白色的毛。

叶海特人的部落中还流传说，有一只"狗魔"率领着狼群奔跑。他们非常害怕那只"狗魔"，因为它即使面对最勇猛的猎手也毫无惧色。

每逢夏季，盛产黄金的山谷中便会出现一个奇怪的访问者。它长得非常像狼，但仔细一看又不太像。它走到山谷中的一个水潭边，蹲坐在那里久久地沉思，然后发出一声悠长而悲伤的嗥叫。

它并非总是独来独往。秋夜，当狼群追踪猎物走近山谷的时候，透过凄冷的月光，可以看到它在狼群的最前面奔跑，像个骄傲的领袖……